Camille la jonquille

Texte : Louise Portal • Illustrations : Camille Lavoie

À ma voisine
Camille la jonquille

Dominique et compagnie

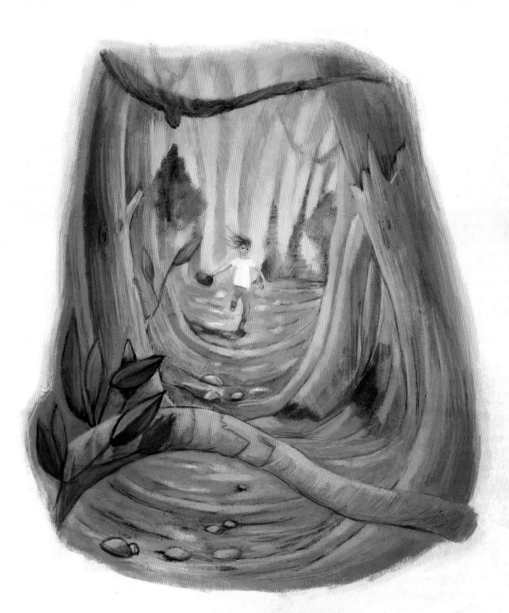

Il était une fois… une petite fille douce et silencieuse
qui s'appelait Camille la jonquille. Tous les après-midi,
au retour de l'école, elle empruntait le chemin des cailloux.
Arrivée à la lisière de la forêt, elle disparaissait
en sautillant comme un lièvre et ne revenait qu'à la tombée du jour.
Le soleil la coiffait alors de toutes les couleurs.

Sa mère lui demandait toujours :

– Que rapportes-tu dans ton sac, ma belle jonquille ?

La fillette souriait, sans répondre.

Puis, elle allait se réfugier dans sa chambre

où un immense hublot ouvrait son œil sur la mer.

Un matin, Camille aperçut un énorme pélican.
Elle sortit en vitesse et descendit vers la grève.
– Je m'appelle Camille ! cria-t-elle à l'oiseau.
Camille la jonquille !
À sa grande surprise, l'oiseau vint se poser
près d'elle. Il ouvrit le bec et lui chanta :

Je suis Perdican le pélican, un cousin venu de loin
à la recherche de sa cousine.

Les yeux de l'oiseau devinrent soudain
semblables à ceux d'un garçon.
Camille se sentit toute drôle.
Dans son cœur, de petits battements
jouaient la musique d'une chanson
dont elle avait écrit les mots la veille :

On ne badine pas avec l'amour
Je t'aimais, je t'aimerai toujours.

– Camille, tu vas être en retard à l'école ! lui lança sa mère
du haut de la terrasse qui surplombait la mer.
– J'arrive ! J'arrive ! s'écria la fillette.
Elle revint en courant, attrapa son sac et partit en coup de vent.

Toute la journée, Camille fut incapable de se concentrer. Elle ne cessait de regarder par la fenêtre de la classe, espérant voir passer le pélican blanc.

Le soir venu, la petite fille fut incapable de trouver le sommeil.

Elle sortit en catimini pour se rendre à la grève.

Dans la nuit étoilée, des mots apparurent doucement :

Tu es jolie comme un cœur...
Viens me rejoindre près de la fontaine.

Et Camille se mit à rêver qu'elle était la cousine de Perdican.
Elle espérait tant revoir le bel oiseau blanc.

Le jour suivant, lors de sa promenade en forêt,
Camille vit déguerpir un renard roux.
Des faisceaux de lumière s'échappaient de ses oreilles pointues.
«Comme c'est étrange…», pensa la fillette, en s'empressant
de détacher de grands morceaux d'écorce aux bouleaux.
À son retour, elle poursuivit l'écriture de sa chanson
sur le papier d'écorce.

Perdican, Perdican…
Mon cousin Perdican, mon joli pélican, *mon prince émouvant…*

Quand Camille la jonquille s'éveilla, le lendemain matin,
elle était transformée.
En la voyant, sa mère écarquilla les yeux :
– Que t'arrive-t-il, ma belle Camille ?

– J'ai fait un rêve tout rose, répondit la petite fille.

– Tu *jonquilles* de partout ! s'exclama sa mère
en caressant les bras de sa fille tatoués de jonquilles.
Elle promena ses doigts dans la chevelure de Camille,
et soudain de minuscules papillons roses s'en échappèrent.

– Ma Camille, tu as la tête qui papillonne !

Toutes deux se mirent à rire et à chanter :

Papillonne ! Papillonne ! Dans le rose, tourbillonne ! Je jonquille, tu jonquilles !

– Maman, demanda Camille, est-ce que je peux te confier un secret ?

– Je t'écoute.

– J'ai rencontré un pélican. Je crois que c'est mon cousin.

– Et moi, je crois que ta tête papillonne un peu trop,
ma belle jonquille.

– Viens avec moi, insista Camille.

La mère et la fille coururent jusqu'à la mer.
Quelques nuages flottaient doucement à l'horizon.
Malgré un ciel dégagé, elles ne virent aucun oiseau.

Ni goélands ni pélicans.

– Je crois bien que ton cousin s'en est allé, dit la mère.

– Où ? demanda la petite fille, les yeux inondés de larmes.

– Les pélicans sont appelés à l'aventure.

On ne peut pas les retenir…

– Et papa, poursuivit Camille, c'était un pélican, lui aussi ?
C'est pour ça qu'il est parti ?

La mère demeura songeuse. C'était une façon de voir les choses.

Elle sourit à sa fille et commença à chanter avec elle :

Perdican, Perdican, pélican de grand vent,

je m'appelle Camille, je serai toujours ta jonquille.

La mère promit à sa fille
qu'elles reviendraient sur la grève
à la fin de l'après-midi.

Qui sait ?
Le vent ramènerait peut-être
un autre oiseau.

Blanc, vert ou bleu !

Quand Camille revint de l'école,
la mère et la fille empruntèrent un sentier
qui longeait la mer. Au bout de ce chemin,
il y avait une charmante maisonnette.

Elles s'approchèrent discrètement
de l'une des fenêtres.

– Oh ! s'exclama Camille en apercevant un homme assis à une table.
Il dessine sur de grands morceaux d'écorce de bouleau ! Comme moi !

– C'est à mon tour de te confier un secret, dit la mère.
Il y a quelques temps,
j'ai moi aussi rencontré un pélican.
À l'intérieur de la maisonnette, l'homme se mit à chanter :

Je suis l'oiseau du vent, un prince pélican

pour la maman de Camille, Camille la jonquille.

La porte s'ouvrit et l'homme les invita à entrer.
Les murs étaient tapissés de dessins représentant les quatre saisons.

La fillette reconnut Perdican le pélican,
le renard roux aux oreilles pointues
et les papillons roses.

Tous les poèmes qu'elle avait écrits
sur des morceaux d'écorce étaient exposés.

Il y avait aussi un lièvre blanc
qui jouait dans la neige.

– Il porte les mitaines que tu m'as tricotées
l'hiver dernier ! s'exclama la petite fille.

Camille comprit que ses poèmes avaient permis à sa mère
de rencontrer son charmant Perdican. Elle sortit discrètement
afin de laisser les amoureux seuls au monde.

Au dehors, elle les entendit rire.
Un grand sourire éclaira son joli visage.

Heureuse de la tournure magique des évènements,
Camille se mit à fredonner :

Perdican, Perdican, je te confie maman.

Écris-lui des poèmes, dessine-lui des saisons,

illumine d'amour ses jours et ceux de Camille la jonquille.

Le soleil glissa dans la mer
et la lune apparut dans le ciel.
Son rayon traça un chemin de lumière sur l'eau
dans lequel Camille put lire le mot *amour*.

Catalogage avant publication de Bibliothèque et Archives nationales du Québec et Bibliothèque et Archives Canada

Portal, Louise

Camille la jonquille

Pour enfants de 6 ans et plus.

ISBN 978-2-89739-059-4

I. Lavoie, Camille, 1967-   . II. Titre.

PS8581.O745C35 2014   jC843'.54
C2014-941347-5   PS9581.O745C35 2014

Direction littéraire et artistique :
Sylvie Roberge

Réviseure linguistique :
Andrée-Anne Gratton

Graphiste : Nancy Jacques

© Les éditions Héritage inc. 2014
Tous droits réservés
Dépôt légal : 3e trimestre 2014

Bibliothèque et Archives
nationales du Québec
Bibliothèque et Archives Canada

Dominique et compagnie
1101, avenue Victoria
(Québec) J4R 1P8
Téléphone : 514 875-0327
Télécopieur : 450 672-5448
Courriel : dominiqueetcompagnie@
editionsheritage.com
www.dominiqueetcompagnie.com

Imprimé en Chine

Nous reconnaissons l'aide financière
du gouvernement du Canada
par l'entremise du Fonds du livre
du Canada et du Conseil des Arts
du Canada.

Nous reconnaissons l'aide financière
du gouvernement du Québec
par l'entremise du Programme
de crédit d'impôt – SODEC –
Programme d'aide à l'édition de livres.